TABLEAUX

PAR

VICENTE DE PARÈDÈS

Vente du 12 Avril 1886

Elle sera faite au comptant.

Les acquéreurs paieront **cinq pour cent** en sus des enchères, applicables aux frais.

CATALOGUE

TABLEAUX ET AQUARELLES

PAR

VICENTE DE PARÈDÈS

DONT LA VENTE AURA LIEU

HOTEL DROUOT, SALLE N° 4

Le Lundi 12 Avril 1886

A 2 HEURES ET DEMIE

Me H. OUDARD	M. H. BODIN (Expert)
Commissaire-Priseur	112, RUE D'ABOUKIR, 112
57, rue Sainte-Anne	et 19, rue des Petites Écuries

Chez lesquels on délivrera le catalogue

EXPOSITION PUBLIQUE

Le dimanche 11 Avril 1886, de 1 h. à 5 h.

Et le lundi 12 Avril, jour de la vente, de 1 h. à 2 h. 1/2

PARIS 1886

Vicente de Parèdès

Quelques mots sur l'artiste dont nous donnons ci-après le catalogue des œuvres offertes au suffrage du public.

Vicente de Parèdès, né en 1859, à Valence (Espagne) entra de très-bonne heure à l'Ecole des Beaux-Arts de Valence. Ses dispositions toutes spéciales pour la peinture, ainsi que son amour du travail lui valurent, chaque année, d'être lauréat dans les concours de cette brillante Ecole.

En 1877, à l'âge de 18 ans, il obtint une *Médaille d'Or* à l'Exposition régionale de Valence.

Voulant poursuivre ses études artistiques il se rendit ensuite à Madrid, puis en Italie, afin d'en visiter les principales villes.

Un séjour de deux ans à Rome lui permit de puiser à l'Ecole des grands maîtres les qualités qui mènent à la renommée les peintres vraiment amoureux de leur art.

Vicente de Parèdès en donne la preuve dans les tableaux que nous énumérons ci-après.

Jusqu'à ce jour, sa vie n'a été qu'une étude constante ; aussi la primeur de ses œuvres fera-t-elle les délices des connaisseurs et des amateurs de bonne peinture.

A Paris, depuis quelques années, Vicente de Parèdès a prêté, de temps en temps, sa collaboration aux journaux illustrés. La *France Illustrée* et le *Monde Illustré*, ont donné quelques pages où son talent de coloriste a été particulièrement remarqué des lecteurs de ces deux belles publications.

DÉSIGNATION

TABLEAUX

1. AVANT LA REPRESENTATION.

H. 26 C. 1/2. L. 41.

2. CHEVAUX AU BARRAGE DE BERCY.

H. 28. L. 41.

3. UN AUTEUR DRAMATIQUE.

H. 27. L. 41.

4. LA CONFIDENCE (ESPAGNE).

H. 33. L. 24.

5. LA LEÇON DE CHANT (ESPAGNE).

H. 33. L. 24.

6. UN COIN DU MARCHÉ A NAPLES.

H. 33. L. 24.

7. LA SÉRÉNADE.

H. 33. L. 24.

8. UN APRÈS-MIDI D'ÉTÉ.

H. 41. L. 56.

9. UN MARDI GRAS, A MADRID.

H. 41. L. 56.

10. TORÉADOR DANS L'ARÈNE.

H. 55. L. 46.

11. LA JEUNE FILLE AUX PIGEONS.

H. 93. L. 73.

12. UN MATIN DE PRINTEMPS.

H. 65. L. 83.

13. UN VALET DE CHIENS, ÉPOQUE HENRI II.

H. 41. L. 27.

14. JEUNES PATRES DANS LA CAMPAGNE ROMAINE.

H. 28. L. 41.

15. COUR DE L'ANCIEN CIRQUE A MADRID.

H. 43. L. 60.

16. CHEZ LE MARÉCHAL FERRANT, ÉPOQUE LOUIS XIII.

H. 27. L. 41.

17. BÉBÉ APRÈS LE BAIN.

H. 28. L. 41.

18. TYPE MAURE, SENTINELLE ENDORMIE.

H. 41. L. 27.

19. AVANT LA COURSE DE TAUREAUX A SÉVILLE.

H. 54. L. 73.

20. LA PROMENADE DU CARDINAL, (ROME.)

H. 61. L. 36.

21. LES ANTIQUAIRES.

H. 35. L. 61.

22. LES BIBLIOPHILES.

H. 36 .L. 61.

23. CHEZ L'ARMURIER.

H. 55. L. 46.

24. UN SAVANT DANS SON CABINET, ÉPOQUE FRANÇOIS Ier.

H. 61. L. 36.

25. Une partie de Cartes. Soldats espagnols au XV° siècle.

H. 27 L. 41.

26. Une visite a l'atelier.

H. 27. L. 41.

27. Picador attaquant le taureau.

H. 27. L. 41.

28. Chemin barre, soldats espagnols en Italie, époque Louis XIII

H. 35. L. 61.

29. La rixe. Soudards-Louis XIII.

H. 36. L. 61.

30. La lecture du Coran a l'Alhambra.

H. 61. L. 50.

31. TOUS HEUREUX.

H. 61. l. 73.

32. ANE A VENDRE. — VALENCE, ESPAGNE.

H. 28. L. 41.

33. LA DANSE A VALENCE.

H. 28. L. 41.

34. DÉPART POUR LA PROMENADE.

H. 33. L. 24.

35. LES PREMIERS GÉRANIUMS.

H. 33. L. 24.

36. LE FIL S'EMBROUILLE.

H. 41. L. 37.

37. RENCONTRE AU BOIS.

H. 32. L. 24.

38. Bonne épée.

H. 27. L. 41.

39. Le départ.

H. 27. L. 41.

40. Le Rendez-vous.

H. 32. L. 24.

41. La Seine a Notre-Dame.

H. 15. L. 24.

42. Un musicien.

H. 15. L. 23.

43. Rue de Rivoli, au coin de la rue du Louvre.

H. 15. L. 24.

44. La Leçon de peinture.

H. 22. L. 16.

45. Chevaux a l'abreuvoir.

H. 13. L. 18.

46. La Rupture.

H. 22 L. 13.

47. La place Denfert-Rochereau.

H. 10. L. 18.

48. La lecture du journal.

H. 18. L. 11.

AQUARELLES

49. Une fête de toréadors, aquarelle.

50. Un jardin, aquarelle.

51. Fleurs, aquarelle.

52. Après la bataille, le soir, aquarelle.

H. 42. L. 1 m.

53. Moine en prière, blanc et noir.

H. 55. L. 43.

54. La Seine a Chatou, fusain.

H. 50. L. 70.

55. Ane rentrant du travail, aquarelle.

H. 24. L. 31.

56. Chèvres broutant une haie, aquarelle.

H. 22. L. 26.

57. Deux vieux amis. Rome, aquarelle.

H. 32. L. 25.

58. Une rencontre prévue, aquarelle.

H. 33. L. 26.

59. Un jour de neige en Espagne, blanc et noir.

H. 38. L. 24.

60. MARINE, aquarelle.

H. 40. L. 28.

61. COUR DE FERME A BARCELONE, aquarelle.

L. 40. H. 28.

62. BERGER GARDANT DES MOUTONS DANS LA CAM-
PAGNE DE ROME, aquarelle.

H. 45. L. 35.

63. UNE DISSERTATION, blanc et noir.

H. 41. L. 52.

64. DISCORDE APRÈS L'OFFICE, aquarelle.

489-86. — Imp. des App.-Orph. — ROUSSEL, 40, rue La Fontaine.

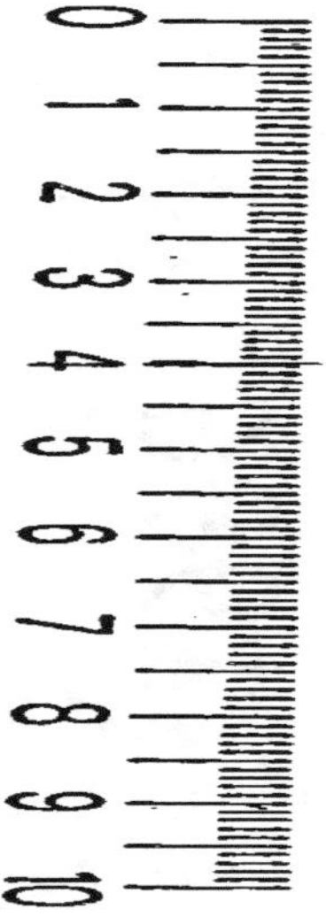

MIRE ISO N° 1
NF Z 43-007
AFNOR
Cedex 7 - 92080 PARIS-LA-DÉFENSE

graphicom
379.89.70